SUR

LE BUDGET.

PAR M. D. L. G.

TOME XVI.

PARIS,

A. PIHAN DELAFOREST,

IMPRIMEUR DE LA COUR DE CASSATION,

Rue des Noyers, n° 37.

1832.

TABLE

DES OUVRAGES CONTENUS DANS CE VOLUME.

FIN DE LA TABLE.

DU RAPPORT

SUR LE BUDGET.

AMORTISSEMENT.

D'abord, relevons les mots, redressons les faits.

L'ouïe est saisie par le son : l'esprit se prend aux mots. Vraie ou fausse, l'expression répétée en échos, passe en valeur d'évidence.

On n'a vu, on ne verra que cela. Une épithète porte l'arrêt.

L'accolade de despotisme a tué la royauté ; l'accolade de privilège tuera la propriété ,

De même, les faits allégués à tort ou à raison , entrent dans la croyance ; il n'y a rien, dit-on , à opposer à des faits.

Quant à leur réalité, qui donc songe à s'en assurer ? Pourvu que l'assertion soit fortement prononcée, ils sont censés , réputés faits. Et tout finit là.

Deux exemples les plus frappans qu'il se puisse, apparaissent dans le rapport sur le budget, au sujet de l'amortissement.

Parlons d'abord des mots.

« Les dettes de tout genre, dette fondée ou flottante « ou viagère, montent à 345,451,517....

« 345 millions s'appliquent à des dettes sur lesquelles « il ne nous est pas permis d'élever de discussion....

« Il faut le répéter : sur les 955 millions, 345 millions « doivent être retranchés comme dettes.....

« Le service de notre dette fondée est de 258 millions...

« Il reste deux masses, les dettes qui sont de 345 millions, etc., etc., etc. »

En vérité, on n'a pas pitié des pauvres d'esprit.

Quelles vont être leurs douleurs, leurs terreurs, à voir la triste patrie se débattre sous le poids de 258 millions de dettes fondées, de 345 millions de dettes sacrées à tel ou tel titre.

C'est-à-dire près de la moitié du revenu net de l'Etat, et plus des trois quarts du coût des services.

C'en est trop. L'honneur impuissant à remplir sa tâche, ne manque pas de tourner au désespoir, de s'abîmer dans la faillite.

Grace au ciel, se sont mots vides de sens.

Partout on a confondu avec la dette fondée, et le montant des rachats, et le fond d'amortissement : résolvant la question avant de la poser, et raisonnant par le mode de pétition de principe.

Déduisez les rachats, retranchez le fond : il ne reste que 174 millions de dettes fondées, dont encore 30 ou 40 millions sont immobilisés, sont assimilés à des pensions perpétuelles.

Et 140 millions ne font que le sixième du revenu net, ne font pas le tiers du coût des services.

Grande est la différence.

Passons des mots aux faits; car ceux-ci sont assis sur ceux-là.

« Notre dette fondée s'élève à 258 millions, c'est-à-dire, à plus du quart de notre revenu....

« Nous disons que l'Etat a déja le quart de son revenu absorbé par le service de sa dette fondée.....

« Si on ajoute à la dette fondée, la dette flottante et viagère, on a la somme de 288 millions, qui fait le tiers de notre revenu....

« Une nation n'a jamais atteint sans catastrophe, le terme où la moitié de son revenu est absorbé par la dette.

« On ne peut pas marcher, quand on n'a de libre que la moitié de ses moyens. »

Certes ces nombres sont posés de bonne foi: car il ne peut échapper à un homme d'esprit, que la dette parvenue à un tel taux, se tient hors des atteintes de l'amortissement, et ne ressort plus que des lois de la fatalité.

Ici, par grand bonheur ou par grand hasard, il y a un point de repos.

Les chiffres couraient la poste: de page en page du morne Moniteur, c'était le quart, le tiers, la moitié du revenu.

A un tel train, on arrivait sous peu au pair, au double peut-être du revenu. Et pour lors, à quel saint, à quel démon se vouer.

Ainsi vont se groupant au plaisir, au besoin, les chiffres qui n'en peuvent mais.

Qu'il soit permis de les dégrouper.

La vraie dette, la dette aliénable et dite remboursable, n'est que de 140 millions.

Or le revenu brut dont partent les calculs est de 955 millions. Au lieu du quart, du tiers, de la moitié, il y a seulement le septième.

Et toutes les inductions ou déductions portent à faux, les assertions et allégations étant mises à néant.

Et logiquement, syllogistiquement, s'il fallait amortir par suite des faits avancés, il ne faut plus amortir en conséquence des faits avérés.

Venons au fond.

Mais, quel frappant contraste entre cette argumentation, toujours subtile, le plus souvent fautive, au sujet de l'amortissement; et la démonstration, si nette et si claire, si décisive, à l'égard des économies.

Ici pas un mot à dire : sauf quant à certaines offres de réduction, que laisse aller la faiblesse, en dépit de la raison.

Là, au contraire, chaque phrase, chaque ligne appelle, ou plutôt porte la critique.

Honneur au rapporteur : la conviction fait son talent.

Et la conviction est d'ordre différent; tantôt supérieur et même infiniment grand; tantôt inférieur, et peut-être infiniment petit.

Oui, il y avait du doute au fond de sa pensée, alors que les passages suivans sont tombés de sa plume :

« Il nous est loisible de pourvoir avec plus ou moins d'efforts, au remboursement : c'est-à-dire que la somme consacrée à l'amortissement pourrait diminuer.....

« Nous pourrions, prenant en considération la détresse des contribuables, annuler une partie des rentes rachetées.....

« Il faut avouer qu'on pourrait tenter une économie considérable, dont on parle souvent : c'est sur l'amortissement.....

« L'amortissement est de toutes les charges, celle qui paraît la plus pesante, et surtout la moins présentement utile.....

« Il semble que la France s'épuise pour enfouir 80 millions dans le gouffre de la bourse.....

« On se dit qu'il est inutile d'écraser les contribuables, pour alimenter un jeu coupable.....

« Enfin on rappelle l'urgent besoin d'un soulagement d'impôts : on présente l'attrait d'un dégrèvement : et on propose de prendre les rentes rachetées.....

« Nous répondrons *brièvement* à toutes ces objections. »

Oui, il y avait doute, ou quant à la convenance d'engager, ou quant à l'espérance d'obtenir.

Etait-ce possible autrement?

Les principes tels qu'ils soient, s'affaissent sous le poids des circonstances. Ce qu'on ne peut, déja on ne le doit plus, bientôt on ne le veut plus.

Quand même ce serait le mets le plus délicat, qui donc tenterait de prendre la lune avec les dents ?

Voyez déja quel long siècle s'est écoulé depuis

un an. Voyez aussi comment le projet de 1832 tranche avec celui de 1831.

« Qu'on aille donc faire de l'amortissement à la « façon du dernier projet, et hypothéquer les siè- « cles, et confisquer les revenus, et infliger des « taxes odieuses, iniques, oppressives.

« En voilà jusqu'au bout de l'an ; pas plus loin...

« D'où un grave scrupule s'élèverait et trouble- « rait tant d'ames pures, en promettant pour des « années, quand on ne peut garantir que pour un « an. » (*De l'Impôt, du Crédit.*)

Or le scrupule est survenu à point nommé.

On ne rêve plus d'implanter le crédit, au sol tremblant de l'avenir, de l'enraciner comme en défi aux tempêtes.

On ne s'imagine plus d'aller sur les brisées

Du Dieu qui met un frein à la fureur des flots.

Loin de prétendre faire aumône à l'avenir, au prix de la semence dont il devait recueillir les fruits ; il s'agit seulement d'exciter en faveur du présent, cette fausse pitié qui prend d'abord et puis ne rend pas.

« Est-ce bien le moment, lorsque vous avez à user de votre crédit, de l'ébranler vous-même ? il faut vous adresser cette année même à l'emprunt, et vous iriez toucher à l'amortissement. »

Point de leurre, point d'appât jeté au crédit.

Les banquiers l'entendront ainsi qu'il leur plaira, le feront entendre ainsi qu'il se pourra.

Advienne quoi que ce soit, on aura à gémir et

non à rougir : ayant le droit de dire , tout est perdu fors l'honneur.

Du reste, la parole porte un grand sens.

Est-ce bien le moment d'ébranler le crédit quand vous avez à en user.... Iriez-vous toucher à l'amortissement, quand il faut vous adresser à l'emprunt ?

Voilà l'endroit ; et voici le revers.

Est-ce le moment de soutenir le crédit, quand vous n'avez plus à en user.... Iriez-vous consacrer l'amortissement, quand il n'y a plus à s'adresser à l'emprunt ?

C'est justement 1832 et 1833.

Aussi, on se borne à solliciter un retard, un répit.

Peut-être sans se l'avouer à soi-même, on ne renie pas à la face du monde, la force des choses.

Il y a quelque instinct occulte, quelque vague pressentiment qu'éveillent les présages, les menaces du temps.

La parole glisse, ce semble, incertaine du succès actuel, trop certaine d'un revers prochain.

Et la parole de l'instant étouffe la parole de l'avenir.

Un siècle et plus va s'écouler aussi dans le cours d'un an : le projet de 1833 tranchera avec celui de 1832, comme celui-ci tranche avec le projet de 1831.

Hier encore, les siècles étaient à la merci : aujourd'hui il n'est requis qu'un délai de grace ;

demain on n'ordonne plus, même on ne prie plus.

Maintenant plairait-il d'apprendre au moyen d'une critique de détail, ce qui n'aurait pas été compris dans la discussion du fond. (Voir *de l'Impôt, du Crédit.*)

L'œuvre est facile.

A la rigueur, il suffirait de transcrire les passages, laissant un blanc au-dessous, où chacun inscrirait la réponse.

Le travail n'a d'autre mérite que d'épargner la peine de réfléchir.

Ce sera un commentaire perpétuel, presque ligne par ligne ainsi qu'elles se succèdent dans le rapport.

« Nous protesterons contre cette manière de dire que la France s'épuise pour fournir des millions au gouffre de la bourse. »

Protestez. Le temps aussi proteste en un tout autre sens : quinze années de ce système, ont amené en France une série encore inouie de perturbations.

« Personne n'est moins intéressé à l'amortissement que les joueurs de la bourse. »

Voilà un axiome qui a le mérite de la nouveauté.

« Les joueurs parient sur le mouvement des fonds.... l'amortissement travaille à consolider le prix des fonds. »

Vraiment, il consolide quand il a élevé et tant qu'il soutient, le cours de la rente. Mais voyez comme il y réussit !

Certainement, il consolidera après qu'il aura racheté toute la dette : mais voyez quand il y sera parvenu !

« Il y a plus de mouvement quand les fonds sont bas, que lorsqu'ils sont hauts. »

Entendons-nous. Il y en a plus quant au nombre des personnes; moins quant à la somme des affaires.

Et c'est l'amortissement qui par son action, amène les crises de hausse, qui par la réaction, aggrave les crises de baisse.

Ne rachetez pas : ne remboursez pas. Vous n'aurez plus ni hausse ni baisse, ainsi qu'avant la révolution.

« Ces capitaux que la France envoie tous les jours à la bourse ne vont pas dans les mains des joueurs. »

Dites mieux. La France n'envoie pas; on envoie de la France.

Les capitaux ne vont pas dans les mains : au contraire, les mains vont aux capitaux.

« Loin de là, ils vont dans les mains de celui qui se retire. »

Celui qui se retire aujourd'hui, est celui-là même qui est entré hier, qui rentrera demain. N'est-ce pas du jeu ?

Quant au rentier, il ne se retire jamais, sauf qu'il ne soit saisi de peur. Que ferait-il de ses fonds ?

Qu'on compulse le livre des transferts :

Le mouvement s'opère entre 20 ou 30 millions de la dette. La masse est de main morte.

« C'est sur la rente flottante, déclassée, gisant à la bourse, que s'exerce le jeu. »

Ici, la vérité cesse d'être méconnue.

« L'amortissement diminue cette masse de rentes : il diminue la masse livrée au jeu. »

Déja l'erreur a repris l'empire.

D'abord l'amortissement accélère la hausse, et suscite les tentations de déclassement, en offrant du gain.

Puis il précipite la baisse, par l'effet de la réaction, et détermine la nécessité du déclassement, en portant la ruine.

« Il n'est pas juste de dire que la France s'épuise pour fournir des capitaux à la bourse..... Au cas de besoin, au lieu de lui demander des capitaux, on les lui laisse. »

Voilà l'emprunt, dont le mérite a été rendu en ces termes, par M. Laffite.

« L'impôt prend les capitaux où ils ne sont
« pas; l'emprunt les prend où ils sont. L'impôt
« les prend où ils coûtent 10 et 12 p. o/o, l'em-
« prunt où ils coûtent 4 et 5. » (*Exposé des motifs.*)

« Il est *juste* que le travail *rende* à ceux qui lui ont prêté, les sommes qu'il en a reçues...... Il est *juste* de *rendre* par l'amortissement, ce qui a été demandé au crédit. »

Voilà l'amortissement, dont le démérite est facile à traduire de ce même passage; attendu qu'il ne fait ses fonds, que par l'intermédiaire de l'impôt.

Mais combien d'autres pensées surgissent ici?

Il est juste, il est juste! ces mots sont répétés sans fin.

Où est la justice? qu'est-ce que la justice? premier point qui ne laisse pas d'être fort embrouillé, après tant de révolutions.

Second point : est-ce la justice de droit commun? qu'on le prouve. Est-ce la justice du contrat mutuel? qu'on le montre.

Rendre, rendre! rendre quoi, s'il vous plaît? oui, pour l'intérêt, puisque cela est stipulé : non, pour le capital, puisque cela n'a pas été convenu.

Quelle est donc cette fureur, cette rage de rendre? et notez qu'il s'agit de rendre au-delà de ce qui a été prêté, de rendre à tout autre que celui qui a prêté.

« L'État n'est pas plus dispensé de payer ses dettes que les particuliers...... Quand on a emprunté, il faut payer. »

Rien de plus incontestable.

Seulement les particuliers se dispensent, sans aucun scrupule, de rembourser les rentes constituées.

S'il faut payer, quand on a emprunté, c'est quand on s'est obligé à payer, en empruntant.

« Parce que l'État est plus puissant, ce n'est pas une raison d'être moins probe : au contraire. »

Quel dommage! tant d'occasions s'offrent vainement à l'application de cette maxime : et la maxime n'est invoquée que dans la seule occasion qui ne s'y prête pas.

« Oui, dira-t-on : mais on ne doit que l'intérêt. »

Le rapport ne daigne pas réfuter ce dit-on, et passe outre.

« L'acquittement des dettes publiques a été une chimère jusqu'ici : mais sait-on pourquoi? Parce qu'on a raisonné comme on le fait aujourd'hui ; parce qu'on a dit qu'il ne fallait pas écraser le présent. »

Est-il permis de mettre la phrase au futur?

L'acquittement des dettes publiques, sera une chimère jusqu'à la fin du monde. Mais sait-on pourquoi? parce qu'on raisonnera, comme on raisonne, comme on a raisonné.

Parce qu'on dira et qu'on redira, qu'il ne faut pas écraser le présent : la parole n'étant donnée communément qu'au présent.

« Et ainsi raisonnant, les pères ont dévoré l'avenir des enfans. »

Après tout, ce ne serait qu'une revanche. Lorsqu'en politique, les enfans dévorent le présent des pères; pourquoi, en économie, les pères ne dévoreraient-ils pas l'avenir des enfans?

Mais avec la meilleure volonté, il n'y a moyen que le présent dévore l'avenir : sauf que ce soit en thésaurisant ou encore en amortissant, mesures à peu près identiques.

Le présent s'enrichit-il? l'avenir en hérite. Le présent se ruine-t-il? l'avenir est déshérité.

C'est l'amortissement qui dévore à la fois et le présent et l'avenir : puisque l'argent exploité par le travail produit 8 et 10 pour 100, et que l'argent engouffré à la bourse, ne rapporte que 4 ou 5 pour 100 (*De l'Impôt, du Crédit*, page 69).

« Il ne faut pas qu'un état paie toute sa dette.... Il ne faut pas qu'un état paie toute sa dette. »

Certes ces paroles répétées mot pour mot à cinq lignes de distance, dénotent la conviction la plus profonde.

Un chiffre mal posé fait tout le mécompte.

« Nous disons qu'un État qui a déja le quart de son revenu, absorbé par sa dette fondée, a *suffisamment* de dettes. »

Suffisamment, évidemment! d'autant qu'en ce point encore, il y a dissidence sur la nécessité d'avoir *un mouvement perpétuel de dettes qui finissent et qui recommencent.*

Mais si le quart du revenu implique le suffisamment, aussi le septième du revenu, emporte l'insuffisamment.

Il n'y avait qu'à restaurer le chiffre, pour mettre d'accord.

Et vraiment, c'est œuvre pie, que de tirer le rapporteur au moins, la commission peut-être, de ce mortel cauchemard, où de minute en minute, le vampire de la dette apparaissait, dévorant à belles dents, d'abord le quart, puis le tiers, enfin la moitié du revenu de la France.

Passons à d'autres argumens.

« Messieurs, est-il dit aux députés, il faut payer pendant la paix, pour pouvoir dépenser pendant la guerre. »

Mes amis, sera-t-il dit aux citoyens, il faut s'enrichir aux temps de paix, pour n'être pas ruiné en cas de guerre.

Et l'amortissement vous prend 10, vous rend 5.

« Si l'amortissement ne produit pas la hausse convulsive, il produit la hausse progressive. »

Pardon, mille fois. Cette dernière hausse, n'en provient qu'à force de frais et de temps; au lieu que la première en résulte soudainement, instantanément, à l'aide des artifices du jeu.

« Il agit comme la prospérité, lentement et infailliblement. »

Rien de mieux. Mais pourquoi ne pas laisser agir en toute liberté, cette bonne et archibonne prospérité?

Pourquoi l'entraver en ses efforts naturels, en ses effets immédiats, par l'intercallation d'une mécanique factice, si chère à entretenir, si facile à se détraquer?

« Il est la prospérité même pour les capitaux: car il est le paiement régulier. »

Salut très humble à qui comprend cela.

Sauf qu'il ne soit sous-entendu, qu'étant la prospérité même pour les capitaux, il est l'adversité même pour les revenus.

Et que les capitaux s'enfouissant à Paris, les revenus jaillissant de province, là, il est la prospérité, ici, l'adversité.

« On ne niera pas, sans doute, qu'un prélèvement fait sur l'amortissement, ne doive produire, aujourd'hui même, un effet profond. »

Un effet profond, pour les joueurs, en certain sens, pour les contribuables en sens contraire, pour les rentiers en aucun sens.

A caver au plus fort, l'effet profond se réduirait à faire fléchir, le cinq de 4 ou 5 p. o/o, à faire rentrer le trois en juste rapport avec le cinq.

Au moyen de quoi, on ne reverrait plus, ni cette fièvre à la hausse de 1825, ni cette hausse convulsive de 1831.

Au moyen de quoi, le gouffre de la bourse, trois fois stigmatisé dans le rapport, serait comblé à jamais.

« Et vous iriez toucher à l'amortissement, c'est-à-dire, décider que vous traiterez à 7, 8, 10 p. o/o plus bas, c'est-à-dire encore, sacrifier 15 ou 20 millions. »

Noli me tangere !

Toutefois, distinguons ou plutôt discernons, car avec ou sans dessein, tout est mêlé, brouillé.

S'agit-il de l'annulation des rentes, ou de l'abolition du fonds? La différence est la même, qu'entre pleine justice, pleine sagesse, et justice, sagesse à demi.

Le calcul semble se baser sur l'abolition, bien qu'il n'ait été encore parlé que de l'annulation : ce qui est peu rationnel ou peu consciencieux.

Quant à l'annulation, elle ne produirait pas l'effet profond qui vient d'être indiqué.

Car le fonds capital demeure ; et les artifices de jeu, les manœuvres de banque, font mousser les espérances.

La baisse est au plus de 2 à 3 sur le cinq, de 4 à 6 sur le trois.

Et comme il y a bêtise pure, un peu tard reconnue, à ne pas emprunter en cinq ou même en six, quand l'intérêt est à ce taux ; le sacrifice sur un emprunt de 200 millions, se limite à 4 ou 5 millions, au lieu de 15 ou 20, en capital.

« On parle d'économies : mais il y en a, il y en a de certaines et de bien plus puissantes. C'est dans un habile et ferme administration que nous les trouverons. »

Procul este profani !

Arrière ces banales économies d'espèces sonnantes. Ici, il s'agit d'économies de toute autre nature.

Autrement la phrase n'aurait pas de sens.

« Or, c'est un acte d'habile et ferme administration, que celui de maintenir aujourd'hui notre amortissement. »

Ferme ! oui, puisque c'est lutter contre le vœu de tous les Français.

Habile ! non, puisque c'est ameuter les haines, et amener les crises.

Stupete gentes!

Premier point : les économies se trouveront dans une habile et ferme administration.

Second point : une habile et ferme administration se refuse à 40, 60 et 80 millions d'économies.

« D'ou vient le mal qui nous travaille? du trouble, de l'inquiétude, du défaut de crédit enfin. »

Sans doute, le défaut de crédit vient du trouble : mais le trouble ne provient pas de l'absence du crédit, ne cesserait pas au retour du crédit.

Ce n'est pas le crédit qui fait défaut : mais bien la paix au dehors, le calme au dedans.

Qu'importe le crédit, si le travail manque?

Evertuez-vous : entassez échaffaudage sur échaffaudage; poussez jusqu'aux nues.

Le sol craque et tout croule.

« Le crédit se compose du crédit public, autant que du crédit privé. »

Comme il n'y a que le crédit public et le crédit privé, lisons ainsi :

Le crédit privé se compose du crédit public.

« Il y a une économie bien plus considérable que celle qui naîtrait du prélèvement sur l'amortissement. »

Bien plus considérable qu'une économie de 40 ou même de 80 millions. Cela mérite attention.

Ecoutez, écoutez.

« On ne peut guères en douter, nous aurons la paix... et qui doute qu'avec la paix, *poussés* par 24 millions d'amortissement, nos cinq pour cent ne parviennent à dépasser le pair. »

Que le ciel vous entende! au moins au sujet de la paix?

« C'est alors que la plus réelle des économies se présentera : au lieu de porter sur le capital, elle porterait sur l'intérêt. »

Quelle est donc la sorte d'économie qui porte, sur le capital ? Attendons la seconde édition du rapport.

« Ainsi il y a l'une ou l'autre économie à faire ; l'une sur l'amortissement, l'autre sur l'intérêt. »

Rien de plus clair, cette fois.

C'est à savoir, s'il faut faire choix, ou d'économiser à l'instant même, soit 40, soit 80 millions ;

Ou d'économiser un jour venant, s'il vient, de 10 à 20 millions : car il n'y a guère que 100 millions en 5 pour 0/0 qui soient réductibles ; car il n'y aura peut-être qu'à les réduire à 4 1/2 et non à 4.

C'est à savoir, s'il faut faire choix, ou d'économiser les 40 ou 80 millions, au profit des contribuables ; ou d'économiser les 10 ou 20 millions, par la ruine des rentiers.

A la halle, à la bourse, la solution sera tout autre.

« L'une n'est pas, à vrai dire, une économie; car il faut payer plus tard ce qu'on ne paye pas plus tôt. »

Encore pétition de principe ! ! !

On ne paiera pas, ce qu'on ne paye pas ; par cela qu'on ne devra pas, ce qu'on ne doit pas.

D'honneur, Rivoli est sourd comme un pot.

Il n'est perruque, ganache, momie, qui ne comprenne qu'à l'égard du capital : qui a terme, ne doit pas encore, et qui a quittance, ne devra jamais.

« C'est un simple attermoîment. »

Hélas! ainsi que tout l'est en ce bas monde; et ici du moins jusqu'à la fin du monde.

« L'autre est une économie véritable; car la somme réduite sur l'intérêt, on ne la doit plus à personne. »

Argument irrésistible!

« Mais l'une peut se faire tout de suite. »

Eh bien! faites donc, faites vite.

Le rapport ne vous a-t-il pas dépeint sous les plus sinistres couleurs, la détresse des peuples?

« L'autre exige encore un peu de temps, encore un peu de patience, encore un peu d'efforts. »

Trois fois un peu, n'est-ce pas une fois beaucoup?

« Jugez, s'il vaut mieux attendre, patienter, persister, ou cueillir tout de suite. »

Attendre pour un peu de temps, patienter avec un peu de patience, persister dans un peu d'efforts. Voilà ce qui résulte de ces deux phrases, qui se suivent immédiatement.

Or la prescription n'est-elle pas bien dure à digérer? le docteur ne tremble-t-il pas d'ébranler la foi la plus robuste?

N'importe! il faudrait attendre, il faudrait patienter, il faudrait persister; si vraiment, il n'y avait d'autre alternative que celle-ci.

« Ou cueillir *tout de suite* un fruit faux, trompeur, et qui peut-être nous causerait *sur-le-champ* un mal véritable et profond. »

Tout de suite, sur-le-champ! Apparemment

que c'est le fruit *du bohon upas :* un atôme, un instant, et la mort.

Certes, si le fruit est faux, il est bien faux, et s'il est trompeur, il est bien trompeur.

Car depuis le fruit de l'arbre de vie et de mort, aucun fruit qu'on sache, n'avait au même point, fait venir l'eau à la bouche, aux plus fins gourmets.

FINIS.

DE L'IMPRIMERIE D'A. PIHAN DELAFOREST,
rue des Noyers, n° 37.

www.ingramcontent.com/pod-product-compliance
Ingram Content Group UK Ltd.
Pitfield, Milton Keynes, MK11 3LW, UK
UKHW020234180726
13838UKWH00005B/2375

9 782329 338194